Oh non!
Une présentation!

Nancy Wilcox Richards

Illustrations de
Mathieu Benoit

Texte français d'Isabelle Montagnier

SCHOLASTIC

Catalogage avant publication de Bibliothèque et Archives Canada

Richards, Nancy Wilcox, 1958-
[How to be brave. Français]
Oh non! Une présentation! / Nancy Wilcox Richards ; illustrations
de Mathieu Benoit ; texte français d'Isabelle Montagnier.

Traduction de: How to be brave.
ISBN 978-1-4431-6301-9 (couverture souple)

I. Benoit, Mathieu, 1978-, illustrateur II. Montagnier, Isabelle,
traducteur III. Titre. IV. Titre: How to be brave. Français.

PS8585.I184H67414 2017   jC813'.54   C2017-902303-9

Édition publiée par les Éditions Scholastic, 604, rue King Ouest, Toronto
(Ontario) M5V 1E1 CANADA.

5 4 3 2 1   Imprimé au Canada 121   17 18 19 20 21

MIXTE
Papier issu de
sources responsables
FSC® C004071

À tous ces enfants qui montrent leur courage de différentes façons, surtout mes « enfants », Jenn et Kris.

— N.W.R.

Chapitre 1

Daniel Couture aime vraiment être l'aîné. Même s'il a seulement sept minutes de plus que sa sœur jumelle, Fiona, il est tout de même le plus vieux. Ils sont nés le même jour, dans le même hôpital, et ils pesaient le même poids, mais leurs personnalités sont très différentes.

Fiona pense que l'été est la meilleure saison de l'année. Elle adore nager dans la partie la plus profonde de la piscine, surtout après avoir fait une bombe depuis le plongeoir. Daniel, lui, aimerait que l'hiver dure toujours. Comme ça, il pourrait faire de la planche à neige toute l'année et dévaler des pentes aussi hautes que des montagnes.

Pendant son temps libre, Daniel adore jouer de

la guitare : du rock'n'roll, de la musique country, du blues. Quant à Fiona, elle aime regarder des dessins animés et des films effrayants à la télé. Plus ils sont effrayants, mieux c'est.

Quand la famille Couture a emménagé dans une nouvelle maison, Fiona a décidé d'arrêter de dormir avec une veilleuse. Daniel a essayé de faire la même chose, mais leur nouvelle maison fait des bruits bizarres, surtout la nuit. Les radiateurs grognent et la tuyauterie grince. Sa mère dit que tout ça fait partie du charme des vieilles maisons. De plus, chaque soir, alors qu'il est sur le point de s'endormir, Daniel est sûr d'entendre des bruits étranges provenant de son placard. Alors, chaque fois, il bondit de son lit et allume sa veilleuse.

Aucun membre de sa famille ne semble s'inquiéter du fait qu'il soit moins courageux que Fiona. Sa mère l'incite toujours à essayer des choses nouvelles. Elle dit que s'il est disposé à essayer, c'est un premier pas vers le courage. Elle a généralement raison. Par exemple, le jour où elle a préparé des têtes de violon, Daniel a tout d'abord regardé ces légumes verts d'un air soupçonneux. Il les a reniflés et a trouvé qu'ils avaient une odeur de gazon fraîchement coupé.

— Je pense que j'aimerais avoir plus de pommes de terre à la place, a-t-il déclaré.

Mais Fiona a englouti une énorme bouchée de têtes de violon en disant :

— Miam! C'est délicieux!

— Vraiment? a demandé Daniel.

Il a pris une tête de violon et en a grignoté un tout petit bout. Sa sœur avait raison. Les têtes de violon étaient délicieuses! C'est devenu alors l'un de ses légumes préférés, après les pommes de terre et le maïs.

Quand il a découvert les têtes de violon, Daniel était en première année. De nombreuses années ont passé depuis. De plus, goûter à de nouveaux plats n'est pas comme nager là où on n'a pas pied ou faire partie des scouts. C'est difficile d'essayer des choses nouvelles.

C'est pourquoi lors de son huitième anniversaire, Daniel a fait le vœu de devenir courageux.

Le jour de leurs six ans, il y a presque trois ans, Daniel et Fiona ont soufflé ensemble les bougies de leur gâteau d'anniversaire en souhaitant avoir de nouveaux vélos. Et c'est exactement ce que leurs parents leur ont offert.

Quand ils ont eu sept ans, Fiona a souhaité recevoir une trousse de magie. Quand elle a déballé son cadeau, c'était une trousse de magicien débutant. Daniel, lui, a souhaité avoir un chaton. Ce jour-là, toute la famille est allée dans un refuge pour animaux et Daniel a choisi un chaton. Il y avait des chatons à poil court et d'autres à poil long. Il y avait des chats câlins et d'autres plus distants. Daniel a choisi une chatte noire avec des pattes blanches comme la neige. Mitaine fait partie de la famille depuis.

Mais maintenant, il ne lui reste plus beaucoup de temps avant son neuvième anniversaire. Daniel est déçu que son vœu ne se soit pas encore réalisé. Il commence à douter que cela se produise un jour. Quand il a soufflé ses huit bougies, il a même croisé les doigts des deux mains. *Je veux être courageux comme Fiona*, a-t-il pensé. Fiona n'a peur de rien.

Il espère ne plus avoir longtemps à attendre. Parce que même si c'est déjà le mois d'avril et que l'année scolaire est presque finie, le lendemain, il va aller dans une nouvelle école : l'école élémentaire Bellerive. Il va devoir faire preuve de courage pour rencontrer les nouveaux élèves de sa classe et sa nouvelle enseignante.

Peut-être que mon vœu se réalisera d'ici demain matin, pense-t-il.

Chapitre 2

Ce soir-là, Daniel remplit son sac à dos : une boîte de crayons, une boîte de marqueurs parfumés, deux gommes à effacer, ses chaussures de sport préférées et beaucoup de chemises cartonnées. Le sac à dos a des bandes fluorescentes et un compartiment secret à l'intérieur, ce qui est vraiment chouette.

Daniel regarde Fiona. Elle est en train d'étiqueter ses chemises cartonnées.

— Mes anciens amis vont me manquer. Et si les enfants sont méchants envers moi? Et si l'enseignante est ennuyeuse, crie beaucoup ou donne trop de devoirs? dit-il en écarquillant les yeux. Et si nous ne sommes pas dans la même classe?

Il pousse un petit grognement à cette idée.

Daniel et Fiona sont dans la même classe depuis l'école maternelle. Chaque fois que Daniel s'est senti nerveux ou effrayé, Fiona était là pour lui rappeler que tout allait bien se passer. S'il était trop timide pour répondre à l'enseignante, Fiona le faisait pour lui.

— Nous serons sans doute dans la même classe, dit Fiona. C'est toujours comme ça. Et si ce n'est pas le cas, on se verra à la récréation et à midi.

Daniel va se coucher, mais il a du mal à s'endormir. Il envisage de compter les moutons, mais trouve cela trop ennuyeux. Il songe à déballer ses fournitures scolaires et à les remettre dans son sac pour s'assurer de n'avoir rien oublié. Mais son sac à dos est près de la porte d'entrée et il ne veut pas que ses parents lui demandent pourquoi il ne dort pas encore. Alors il se tourne et se retourne dans son lit. Il fait gonfler ses oreillers. Il repousse ses couvertures, puis les remonte jusqu'à son menton un instant plus tard. Il se demande si Fiona est endormie dans sa chambre. *Sans doute*, se dit-il. Fiona n'a pas peur d'aller dans une nouvelle école. Elle n'a pas peur de se faire de nouveaux amis. Elle est Fiona l'intrépide.

Chapitre 3

Le lendemain matin, le père de Daniel conduit Daniel et Fiona à l'école élémentaire Bellerive.

— Vous pourrez commencer à prendre l'autobus demain, dit-il. Aujourd'hui, je veux juste m'assurer que vous êtes bien installés, tous les deux.

L'école Bellerive est gigantesque. Daniel trouve qu'elle ressemble à un château, un très vieux château.

— Oh là là! s'écrie Fiona. Quel bâtiment cool!

Daniel regarde l'école. Il a l'estomac noué. Il se dit qu'un enfant pourrait se perdre dans une école aussi grande et qu'on ne le retrouverait pas avant des heures… ou des jours entiers. Peut-être même jamais. Il repense à son ancienne école, toute petite avec seulement quatre classes. Elle lui manque déjà.

— Bon, les enfants, dit M. Couture, allons

rencontrer votre nouvelle enseignante.

Mme Belliveau est assise à son ordinateur quand ils entrent dans la classe.

— Vous devez être Daniel et Fiona, dit-elle. Je vous attendais. Bienvenue à l'école élémentaire Bellerive et dans votre nouvelle classe de troisième année.

Chouette! pense Daniel. *Je suis dans la même classe que Fiona!*

Mme Belliveau se lève.

— Installez-vous, dit-elle aux deux enfants. Daniel, assieds-toi ici, à côté d'André.

Elle désigne une place libre avant de tendre la main vers un pupitre à l'autre bout de la pièce.

— Et toi, Fiona, tu peux t'asseoir là-bas, à côté de Madeleine.

Daniel déballe ses fournitures et les range dans son pupitre.

— Je dois partir, dit M. Couture. Passez une bonne journée tous les deux.

Fiona arrête de ranger ses affaires. Elle accourt et sert son père dans ses bras pour lui dire au revoir.

Daniel les regarde. Bientôt, il n'y aura plus que lui et Fiona. Et une classe entière d'enfants qu'il ne connaît pas. Il inspire profondément, puis expire. Ses yeux le brûlent et il a du mal à avaler.

Il est sur le point de faire un câlin à son père quand la cloche sonne. Un garçon entre en courant dans la classe. Il est vraiment grand. Il a l'air d'un élève de quatrième année. Peut-être même de cinquième année. Daniel hésite. Il observe attentivement le grand garçon. Devrait-il faire un câlin à son père devant ce grand gars qui le prendra peut-être pour un bébé? Il aimerait avoir assez de courage pour faire ce qu'il a envie de faire, sans se soucier de l'opinion des autres. Mais ce n'est pas le cas.

Daniel baisse les yeux et fait semblant de chercher quelque chose dans son pupitre.

— À plus tard, papa, marmonne-t-il.

Son père le salue de la main.

— Je viendrai vous chercher à la sortie! Passez une bonne journée!

Chapitre 4

Daniel s'assoit à son nouveau pupitre. Il regarde les enfants entrer dans la classe. Il se demande lequel est André. Et surtout, il se demande si ce dernier sera gentil.

L'attente ne dure pas. Un garçon mince à lunettes se glisse dans le siège voisin. Il sourit à Daniel. Il lui manque une dent au même endroit que Daniel.

— Tu dois être le nouveau, dit-il.

Daniel hoche la tête.

Mme Belliveau s'approche d'eux et sourit à Daniel.

— Je vois que tu as rencontré André, dit-elle. Il va vous faire visiter l'école, à ta sœur et à toi. Mais avant, voici quelques questions pour vous mettre à l'aise. Ça vous permettra de mieux faire connaissance.

Elle distribue plusieurs fiches à André.

— Certaines questions sont cool, explique André à Daniel et à Fiona, et d'autres sont un peu ennuyeuses. Mais Mme Belliveau fait cela chaque fois qu'il y a un nouvel élève ou qu'on rencontre d'autres élèves à l'école, comme nos copains de lecture de cinquième année.

André regarde la première fiche et précise :

— Vos réponses doivent être brèves et rapides. Ne prenez pas le temps de réfléchir. Dites ce qui vous passe par la tête. La première catégorie s'intitule : choses préférées. Vous êtes prêts? Vanille ou chocolat?

— Chocolat, répond Daniel.

— Vanille, dit Fiona.

— Couleur préférée? demande André.

— Rouge, dit Daniel.

— Violet, dit Fiona.

— Hamburgers ou hot dogs?

— Hot dogs, répondent Daniel et Fiona à l'unisson.

La catégorie suivante porte sur la famille, les vacances et l'école. Quand Fiona a répondu à la dernière question, André lui tend les cartes.

— À ton tour, explique-t-il.

— C'est la catégorie « Nombres », dit Fiona, avant d'ajouter : Dents perdues?

— Huit, dit André.

— Frères et sœurs?

— Presque un.

Fiona éclate de rire.

— Que veux-tu dire? demande-t-elle.

André explique alors qu'il n'a pas encore de frères et sœurs, mais que ça ne saurait tarder.

— Ma mère va bientôt avoir un bébé. Son ventre ressemble à un ballon de plage! dit-il en riant. Alors je vais avoir un frère ou une sœur d'un jour à l'autre.

Maintenant, sa réponse est logique. Fiona hoche la tête.

— Numéro de téléphone? lit Daniel sur la fiche suivante.

Fiona et Daniel posent les questions à tour de rôle. Quand ils ont fini, ils font le tour de l'école élémentaire Bellerive. Ils suivent un long couloir qui tourne et continue hors de leur vue. André tend le bras à gauche et explique :

— L'autre classe de troisième année est par là-bas.

Il tend le bras à droite.

— Et par là, ce sont les classes de deuxième année. Mais d'abord, je vais vous montrer le gymnase. C'est l'endroit le plus chouette de l'école.

Fiona et Daniel ont l'impression de tourner en

rond et de franchir des millions de portes.

— Voici le gymnase, dit André. Et là-bas, c'est la cafétéria.

Fiona ouvre de grands yeux.

— Cette école est géante, dit-elle, et c'est super!

— Elle est vieille aussi, dit André. Ma mère est allée à l'école ici quand elle était petite. Un jour elle s'est perdue. Elle ne trouvait plus le chemin de sa classe pour remonter du sous-sol.

— Que faisait-elle au sous-sol? demande Daniel.

André éclate de rire.

— Pas grand-chose. Je crois qu'elle cherchait le concierge. Son atelier est en bas.

Fiona jette un coup d'œil à Daniel. Il sait exactement ce qu'elle pense. Parfois, elle n'a pas besoin de dire un seul mot. Daniel peut deviner ses pensées. L'école Bellerive est vraiment grande. Ce serait facile de se perdre.

Après avoir vu la bibliothèque, le bureau du directeur et la salle de musique, André montre une volée d'escaliers.

— Ce sont les escaliers qui mènent au sous-sol, dit-il. Il n'y a pas grand-chose en bas : juste le local du concierge, un tas d'échelles et des vieux trucs.

— Et peut-être un enfant qui s'est perdu il y a cent ans, plaisante Daniel.

Fiona et Daniel éclatent de rire.

Chapitre 5

Il y a des tas d'activités possibles à l'heure du dîner. Quelques enfants jouent sur les structures extérieures, comme les balançoires et les jeux de bascule. D'autres sautent à la corde ou jouent à la marelle. Différents clubs se rencontrent aussi à l'heure du dîner : artisanat, basketball ou encore recyclage.

Daniel est assis à la cafétéria avec Fiona. Il grignote son dessert préféré, des raisins secs couverts de chocolat que son père a mis dans sa boîte à dîner.

Il en met une poignée dans sa bouche tout en regardant André remballer une moitié de sandwich et quelques bâtonnets de céleri.

—Aimerais-tu faire partie de mon club? demande ce dernier. Nous nous rencontrons tous les lundis de 12 h 30 à 13 h. C'est très amusant!

Daniel repense au club de guitare de son ancienne école. Il ne comptait que huit enfants et Daniel était le plus jeune. Mais c'était formidable. Les membres du club se rencontraient après l'école une fois par semaine. C'est comme ça qu'il a commencé à jouer de la guitare.

— Est-ce que c'est un club de guitare? demande-t-il à André.

— Non, nous n'avons pas de club de guitare. Je fais partie d'un club de comédie qui s'appelle Fous rires. Ça commence dans dix minutes, déclare-t-il en regardant sa montre.

Daniel regarde André. Il n'est pas sûr de savoir ce qu'est un club de comédie.

— Que faites-vous exactement? demande-t-il.

André explique que c'est un club où on se raconte des blagues et on fait d'autres choses comiques. Parfois, les membres échangent des livres de devinettes. Parfois, ils regardent une vidéo amusante.

— La seule obligation est de raconter une blague ou une devinette chaque semaine, précise-t-il.

— Devant des gens? demande Daniel.

— Tu racontes la blague seulement aux membres

du club, explique André. Pas devant toute l'école.

Daniel a la gorge serrée. Il n'est pas question qu'il se lève et prenne la parole devant un tas d'enfants, même si ce club a l'air amusant. Évidemment, il adorerait entendre des blagues et résoudre des devinettes. Il est bon à ce jeu. Mais raconter une blague qu'il aurait inventée? La paume de ses mains est moite rien qu'à cette idée.

— Ça semble amusant dit-il en baissant les yeux. Une autre fois peut-être. J'aimerais aller voir le terrain de jeux, et puis je n'ai pas fini mon dîner.

Il lève son sac de raisins secs et se met à les manger un par un, lentement.

— Est-ce que je peux venir avec toi? demande Fiona à André. Je connais une blague que je pourrais raconter aujourd'hui!

Elle range les restes de son repas et sort de la cafétéria. Daniel l'entend demander :

— Connais-tu la blague sur le singe et l'éléphant?

Daniel soupire. Fiona n'est pas timide pour deux sous. Elle ne s'inquiète jamais à l'idée de raconter une blague à des enfants qu'elle ne connaît pas bien. En fait, elle adore ça! Un jour, si son vœu se réalise, Daniel se réjouira de rencontrer de nouveaux enfants. Il sera suffisamment courageux pour raconter des blagues au club de comédie, peut-être même à toute l'école. Mais cela n'arrivera pas aujourd'hui.

Chapitre 6

Ce soir-là, la mère de Daniel sert son plat préféré : des spaghettis avec beaucoup de boulettes de viande. Daniel mange les pâtes en aspirant bruyamment.

— Alors, dit Mme Couture en jetant un coup d'œil à ses enfants, racontez-moi votre première journée à l'école Bellerive.

— L'école est vraiment cool, commence à dire Fiona. Il y a des couloirs tortueux et de vieux vestiaires. Il y a même un sous-sol. Des enfants ont disparu quand ils y sont allés!

Mme Couture laisse tomber sa fourchette et dévisage Fiona :

— Ils ont disparu? Que veux-tu dire?

Fiona éclate de rire.

— En fait, ils n'ont pas *vraiment* disparu.

Mais un jour, il y a longtemps, une fille n'a pas pu retrouver son chemin et l'enseignant a dû envoyer quelqu'un la chercher.

Daniel regarde sa mère. Il se dit que cette histoire est un peu tirée par les cheveux.

— Ça me rappelle une devinette sur les disparitions, s'exclame-t-il. « Nous sommes deux sœurs fragiles, mais, à nous deux, nous pouvons faire disparaître le monde. Qui sommes-nous? »

Mme Couture réfléchit. M. Couture aussi. Fiona se gratte la tête en répétant « nous pouvons faire disparaître le monde ».

Quand tout le monde donne sa langue au chat,

Daniel crie :

— Les paupières!

Fiona éclate de rire. Daniel est vraiment bon en devinettes, surtout pour trouver la réponse.

— Tu aurais dû raconter celle-là au club de comédie aujourd'hui, dit-elle.

Daniel ne répond pas.

— En tout cas, poursuit Fiona, je vais vraiment aimer notre nouvelle école. Elle est bien mieux que notre ancienne école.

— On dirait que ta première journée s'est bien passée, dit Mme Couture en riant.

Puis elle se tourne vers Daniel et ajoute :

— Et toi? Comment s'est passée ta journée?

Daniel baisse les yeux vers son assiette. Que devrait-il dire? Mme Belliveau semble gentille. Le travail était facile. Mais l'école est si grande. Il est sûr qu'il va se perdre dès qu'il va mettre le pied hors de la classe.

Daniel choisit soigneusement ses mots.

— J'ai passé une assez bonne journée. J'ai un nouvel ami. Il s'appelle André et il semble gentil.

Son père sourit.

— C'est formidable! dit-il. André pourrait venir jouer ici après l'école un de ces jours. Tu pourras aussi l'inviter à ton anniversaire le mois prochain.

La mention de son anniversaire rappelle à Daniel que son vœu ne s'est pas réalisé. Il ne s'est pas senti plus courageux aujourd'hui. Il a eu peur de rencontrer de nouveaux enfants, de participer à des activités et de retrouver son chemin tout seul.

Chapitre 7

Pendant le cours de sciences, Mme Belliveau s'adresse à ses élèves :

— Les enfants, aujourd'hui, nous allons commencer notre module sur les plantes et les habitats des animaux. Qui sait ce que veut dire le mot habitat?

Elle jette un regard autour de la classe. Quelques mains se lèvent.

— Oui, Madeleine, dit l'enseignante. Que veut dire ce mot?

— C'est quelque chose qu'un animal fait tout le temps, répond Madeleine.

Un élève ricane au fond de la classe.

Mme Belliveau hoche la tête et sourit :

— Je crois que tu penses au mot habitude, mais c'était bien de répondre. Quelqu'un d'autre?

Daniel est sur le point de lever la main. Il est presque sûr qu'un habitat est l'endroit où vit un animal. Mais il peut se tromper, bien sûr. *Si c'est le cas, est-ce que quelqu'un rira de moi comme il l'a fait pour Madeleine? Je ferais mieux de ne rien dire,* pense-t-il.

— C'est l'endroit où vivent des êtres vivants! crie une voix au fond de la classe.

Mme Belliveau acquiesce.

— Oui! Aujourd'hui, nous allons étudier des habitats dans notre aire en plein air.

Puis elle montre un cerceau à ses élèves et leur explique :

— Vous travaillerez deux par deux. Il vous faudra un cerceau, votre journal de sciences et un crayon. J'aimerais que vous posiez le cerceau dans un endroit — un habitat — de l'aire en plein air. Faites des croquis des animaux que vous verrez à l'intérieur du cerceau. Notez leur nombre et leur nom si vous le connaissez. Si vous ne le savez pas, utilisez l'appareil de la classe pour prendre une photo. Vous pourrez faire des recherches quand nous reviendrons à l'intérieur.

André se penche et chuchote à Daniel :

— Tu veux qu'on travaille ensemble?

Daniel sourit. C'est une très bonne idée.

Dehors, André place le cerceau dans le coin le plus éloigné, tout près d'un petit étang.

— Je crois que ce sera un bon endroit, dit-il. Si je retourne cette roche, peux-tu regarder ce qu'il y a dessous?

— Bien sûr! dit Daniel.

André soulève la roche délicatement. De petites bestioles partent dans toutes les directions.

Daniel inscrit le mot « fourmis » dans son journal. Puis il écrit aussi « trop nombreuses pour pouvoir les compter ». Il lève les yeux et demande à André :

— Savais-tu que les fourmis avaient deux estomacs?

— Vraiment? dit André en éclatant de rire.

— Oui, dit Daniel. Le premier sert à la digestion

de la nourriture qu'elles avalent. Le deuxième sert à stocker la nourriture qu'elles partageront avec d'autres fourmis.

— Beurk, dit André. C'est dégueu. Les autres fourmis mangent du vomi?

— Oui, plus ou moins, dit Daniel en riant. Hé! Regarde!

Il montre du doigt un petit animal brun sur une roche et ajoute « une limace » dans son journal.

— Sais-tu comment s'appelle cette bestiole? demande André en désignant un petit insecte brun foncé avec des lignes sur son dos.

Il touche la bestiole qui se roule en boule.

— On dirait un tatou, ajoute-t-il.

— Non, dit Daniel. Prenons-la en photo. On fera des recherches en classe. Je vais demander l'appareil photo à Mme Belliveau.

Puis, Daniel revient et prend une photo.

Les deux scientifiques en herbe retournent à leur recherche, mais ne trouvent pas d'autres bestioles.

C'est ennuyeux de ne rien avoir à faire d'autre que de compter des brins d'herbe. Soudain, ils entendent un cri perçant. Quelque chose de terrible vient de se produire.

Chapitre 8

Daniel voit Mme Belliveau se précipiter vers Madeleine, qui pleure. Fiona agite les mains dans les airs comme si elle était en train d'expliquer quelque chose. L'air inquiet de Mme Belliveau se transforme en un air fâché. Plusieurs enfants les entourent. Certains ont une expression compatissante, mais d'autres semblent avoir du mal à se retenir de rire.

— Tout va bien, les enfants. Retournez à votre travail, dit Mme Belliveau. C'était juste un petit malentendu.

Puis elle se tourne et chuchote quelques mots à Fiona qui baisse la tête.

Quelque chose ne va pas.

À la fin du cours de sciences, Daniel se met en rang à côté de Fiona. Ils rentrent ensemble dans l'école.

— Qu'est-ce qui est arrivé? Mme Belliveau semblait vraiment fâchée contre toi, murmure-t-il.

— Madeleine m'a menti! dit Fiona. Elle m'a dit qu'elle n'avait pas peur des insectes et qu'elle en ramassait tout le temps. Mais quand j'ai mis un tout petit grillon sur son bras, elle s'est mise à hurler. Maintenant, elle est en colère contre moi et l'enseignante aussi.

Daniel reste silencieux.

— Je suppose que les gens disent parfois des choses qui ne sont pas vraies.

Fiona opine de la tête.

— Avez-vous trouvé quelque chose de vraiment intéressant dans votre cerceau?

— Un tas de fourmis, une limace et un insecte inconnu, répond-il. André et moi allons faire des recherches sur Internet.

Dès qu'ils sont en classe, Daniel inscrit « insecte qui se roule en boule » dans la barre de recherche du navigateur. Une photo s'affiche à l'écran. Elle ressemble exactement à l'insecte qu'ils ont pris en photo.

— C'est un cloporte! s'exclame André. Son nom latin est *Porcellio scaber*. Ce ne sont pas des insectes, mais de minuscules crustacés, comme les homards et les crabes. Ils peuvent se rouler en boule pour se protéger.

Daniel écrit « cloporte » dans son journal, puis il continue à lire et fait la grimace.

— Pouah, dit-il. Il paraît que les cloportes mangent leurs excréments. Ça veut dire « caca », n'est-ce pas? Dégueu!

— Je crois que oui, dit André en riant. L'article dit aussi que le sang des cloportes est bleu pâle. Quand ils sont malades, leur carapace devient bleu vif.

À ce moment-là, Mme Belliveau appelle les élèves pour un petit rassemblement.

— J'ai vu plein de fourmis! s'écrie quelqu'un.

— J'ai trouvé un grillon!

— On a vu une salamandre!

— Des araignées!

— Un scarabée!

Mme Belliveau inscrit leurs réponses sur de grandes feuilles mobiles.

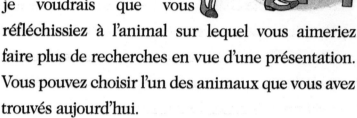

— Il y avait beaucoup d'animaux différents, constate-t-elle. Maintenant, je voudrais que vous réfléchissiez à l'animal sur lequel vous aimeriez faire plus de recherches en vue d'une présentation. Vous pouvez choisir l'un des animaux que vous avez trouvés aujourd'hui.

— Je vais choisir la salamandre, dit André. Et toi, Daniel, sur quoi vas-tu faire des recherches?

Mais Daniel ne répond pas. Il est trop occupé à penser à ce que Mme Belliveau vient de dire. Tous les élèves doivent faire une présentation. L'idée d'aller au tableau, devant des enfants qu'il connaît à peine, fait battre son cœur plus vite et rend ses mains moites. Ce dont il a le plus peur au monde, c'est de faire une présentation orale.

Chapitre 9

Quand Mme Belliveau annonce que la classe va faire une sortie, tous les élèves sont excités. Ils vont visiter le Musée d'histoire naturelle et vont voir le squelette d'un vrai dinosaure, une tortue de 90 ans et une exposition de bestioles.

— Il y a une toute nouvelle galerie dans le musée qui s'appelle Bestioles bizarres. Vous y verrez des abeilles, des salamandres et des araignées. Cette galerie est parfaite pour notre étude sur les animaux et leur habitat. Vous trouverez peut-être même de nouvelles informations pour votre présentation orale.

Daniel se dit que la visite semble amusante, à part la présentation orale qui suivra. Il repense à Fiona. Elle adore parler devant une foule de gens. Pour elle, faire une présentation n'est pas difficile.

La dernière fois qu'elle en a fait une, elle a dit à Daniel qu'elle se sentait importante. Comme une experte sur un sujet.

Fiona remarque le visage inquiet de son frère.

— Tu sais, on fera comme quand tu étais en deuxième année. Je t'aiderai à répéter.

Daniel se souvient de cette présentation comme si c'était hier. En fait, il avait *essayé* de faire sa présentation. Elle portait sur son sport préféré, la planche à neige. Il avait fait une affiche qui montrait les acrobaties qu'il était capable de faire. Mais quand il avait fait face aux élèves, sa gorge était devenue sèche et son estomac s'était noué. Il avait ouvert la bouche pour parler, mais seul un petit cri s'en était échappé. Puis un hoquet. Tous les élèves avaient éclaté de rire et Daniel avait complètement oublié le début de sa présentation. Alors il était resté figé, très gêné. Son enseignante avait dit qu'il avait l'air de ne pas être bien et qu'il pouvait sortir. C'était le dernier jour des présentations avant le congé de mars. Après les vacances, les cours portaient sur autre chose et il n'avait jamais eu à faire sa présentation.

— J'ai une idée pour t'aider, lui dit Fiona.

— Rien ne pourra m'aider, dit Daniel. Toi, tu aimes faire des présentations. Tu n'as pas peur.

Ce soir-là, après le souper, Fiona tend une feuille de papier à Daniel.

Ne sois pas ennuyeux! Entraîne-toi devant un miroir.

Va aux toilettes avant ta présentation.

Utilise des accessoires.

Imagine tous les élèves en sous-vêtements!

— Voici des astuces pour ta présentation, dit-elle.

Daniel lit ses suggestions. Il éclate de rire en lisant la dernière.

— Tu fais vraiment ça, Fiona?

— Parfois, admet-elle. Ça m'aide à ne pas avoir le trac. Et ça me donne l'impression de contrôler la situation.

Chapitre 10

Quand Daniel se réveille, le lendemain matin, il est grincheux. Il refuse de manger son déjeuner habituel : du beurre d'arachide et de la confiture sur des rôties. Le tee-shirt qu'il voulait porter a des taches de boues sur une manche. De plus, il laisse accidentellement tomber sa figurine Lego préférée dans le lavabo.

Sa mère le regarde et dit :

— On dirait que quelqu'un est de mauvaise humeur ce matin.

— *Humpf,* répond Daniel.

Toute la nuit, il s'est tourné et retourné dans son lit. Alors qu'il allait s'endormir, il a encore entendu un bruit dans son placard. Il a allumé sa veilleuse, mais a mis du temps à sombrer dans le sommeil. Il a gardé un œil sur son placard et n'a cessé de penser à sa présentation. Quand il s'est enfin endormi, il a rêvé qu'il faisait la présentation devant toute la classe en sous-vêtements. Les élèves se moquaient de lui. Même Mme Belliveau ne pouvait s'empêcher de sourire. Pour aggraver la situation, Daniel s'est mis à pleurer devant tout le monde. Il savait que c'était à cause des « conseils » de Fiona.

Cette dernière examine attentivement le visage de son frère.

— Qu'est-ce que tu as? lui demande-t-elle.

— C'est *ta* faute, marmonne Daniel. Tes conseils sont nuls. J'ai eu du mal à m'endormir et j'ai fait de mauvais rêves toute la nuit. J'ai rêvé que je faisais ma présentation en sous-vêtements!

Fiona fronce les sourcils et proteste :

— J'essayais juste de t'aider!

— Eh bien, je n'ai pas besoin de ce genre d'aide! s'écrie Daniel d'un air renfrogné.

Mme Couture intervient :

— Ça suffit, tous les deux. Préparez-vous pour l'école.

Daniel dévisage sa sœur qui lui rend la pareille.

— Tu n'es qu'un bébé, dit-elle à voix basse pour que sa mère ne l'entende pas.

* * *

Les choses vont de mal en pis à l'école. Daniel fait tellement de fautes dans ses exercices de mathématiques qu'il doit recommencer presque complètement. Cela lui fait manquer une partie de la récréation. Ensuite, le cours d'éducation physique est annulé parce que les élèves doivent écouter une présentation E-N-N-U-Y-E-U-S-E. Pendant le cours d'arts, Daniel se coupe le doigt avec des ciseaux et a du mal à retenir ses larmes. Même le pansement ne le console pas.

Le pire, c'est quand il renverse de la peinture

rouge sur les souliers de Mme Belliveau. La peinture forme sur le sol une grande flaque rouge qui ressemble à du sang. L'enseignante rassure Daniel. Elle lui dit que tout va bien et que c'est juste un accident, mais elle semble fâchée.

— Daniel, fait-elle en soupirant, descends au sous-sol, s'il te plaît, et demande au concierge de venir dans notre classe avec des produits nettoyants.

Daniel trouve le sous-sol sinistre. Il se souvient que la mère d'André s'y était perdue. Et s'il ne retrouve pas son chemin? Il regarde Mme Belliveau. Elle s'attend à ce qu'il y aille. Il devrait peut-être dire qu'il ne sait pas comment s'y rendre. Après tout, c'est la vérité.

Fiona bondit de son siège.

— Je vais y aller! s'exclame-t-elle. Comme ça, Daniel pourra finir son projet. J'ai déjà fini le mien.

Elle brandit sa peinture dans les airs pour que l'enseignante la voie.

Elle regarde Daniel qui, soulagé, lui adresse un petit sourire. Puis il baisse la tête et fait semblant d'examiner sa peinture. Il ne cesse de se demander s'il sera aussi courageux que sa sœur, un jour.

Chapitre 11

Les élèves continuent de travailler sur leurs recherches. Chaque jour, juste avant la cloche, ils partagent quelques-unes de leurs trouvailles avec leurs camarades.

Fiona passe la première. Elle explique qu'elle travaille sur les libellules. Jusqu'à présent, elle a appris qu'elles ont de très bons yeux et qu'elles existent depuis des millions d'années.

Elle ajoute en riant :

— Elles sont beaucoup plus vieilles que mon arrière-grand-mère!

Les élèves rient aussi.

André dit que son projet porte sur les salamandres.

— Saviez-vous que les salamandres sont des animaux nocturnes? demande-t-il avant de faire une petite pause. Cela veut dire qu'elles sont actives la nuit. Mais la chose la plus cool que j'ai apprise à leur sujet, c'est que leurs pattes arrière peuvent repousser en cas d'accident. Et leur queue aussi!

Mme Belliveau opine de la tête.

— C'est très intéressant, André. Qui d'autre veut partager des informations? demande-t-elle en regardant autour d'elle. Daniel?

Daniel fixe l'immense pile de livres sur son pupitre. Il y a des livres sur les coccinelles, les chenilles, les papillons, et même les couleuvres.

— Je n'ai pas encore choisi l'animal que j'aimerais étudier, avoue-t-il. Il y en a tellement qui sont intéressants...

Il montre tous les livres sur son pupitre et sent son visage s'empourprer.

Il repense à tout ce qu'il a appris jusque-là. C'est cool de savoir qu'on ne se fait jamais piquer par les moustiques mâles mais seulement par les femelles. S'il pouvait les reconnaître! Ce serait génial!

Il a aussi appris que les papillons goûtent les

aliments avec leurs pieds. *Et si les humains faisaient pareil?* se dit-il en imaginant goûter des choses avec des chaussures de sport puantes. *Pouah! Dégueu!*

Daniel savait déjà que les couleuvres n'étaient pas dangereuses, mais il a appris d'autres choses intéressantes sur elles : par exemple, elles peuvent avoir de 20 à 40 petits à la fois! Ça fait beaucoup!

Le problème, quand on lit tellement de livres, se dit-il, c'est qu'on trouve tous les animaux intéressants. À un moment, je veux tout savoir sur les papillons et l'instant d'après, je change d'idée et je préfère les limaces.

Il soupire. Comment va-t-il arriver à se décider?

Chapitre 12

Le vendredi, Daniel et Fiona rentrent à la maison avec des invitations pour aller dormir chez deux amis différents. Ils s'assoient à la table de la cuisine pour manger une collation. Fiona lèche un peu de beurre d'arachide sur ses doigts.

— Madeleine m'a invitée à dormir chez elle, ce soir, annonce-t-elle à sa mère. Elle a dit qu'on allait faire des pizzas et regarder des films qui font peur. Je peux y aller?

Mme Couture lui sourit.

— Bien sûr, si tu en as envie. Sa mère m'a téléphoné. Ça semble amusant.

Daniel regarde son verre de jus de fruits. Il n'a pas l'air très heureux.

— Moi aussi, j'ai été invité à aller dormir chez un ami, dit-il. Chez André.

— C'est gentil, dit sa mère. Pourquoi fais-tu une tête pareille? Tu ne veux pas y aller?

Daniel soupire. André et lui sont devenus de bons amis. En effet, cette invitation est gentille et ça *pourrait* être amusant. Mais Daniel ne s'est pas encore habitué à dormir dans sa propre chambre et il utilise encore une veilleuse. Qu'en pensera André? Il se dira sans doute que Daniel est un vrai bébé. Pour la énième fois, Daniel souhaite être aussi courageux que Fiona. Elle n'a même plus besoin de veilleuse. Elle aime lire des histoires effrayantes. Non, ce n'est pas vrai. Elle *adore* lire des histoires effrayantes. Plus elles sont horribles, mieux c'est.

— Je ne suis pas sûr de vouloir y aller, répond Daniel à sa mère. Je crois que je vais travailler sur mon projet de sciences naturelles.

— Depuis quand fais-tu des devoirs le vendredi soir, se moque Fiona.

Daniel fronce les sourcils.

Fiona finit sa collation et va dans sa chambre pour préparer son sac. Elle prend son pyjama préféré (celui qui porte l'inscription « grands rêves »), sa brosse à dents, sa brosse à cheveux et des vêtements propres pour le lendemain ainsi que le livre qu'elle est en train de lire : *Invasion de zombies*. Elle a presque fini de faire son sac quand Daniel entre dans sa chambre. Il a triste mine.

— Tu devrais aller dormir chez André, lui dit Fiona. Je parie que tu t'amuserais bien. Vous joueriez aux Lego et vous vous coucheriez tard.

Daniel fixe ses pieds et gratte le tapis avec son orteil. Une soirée pyjama serait très amusante. Il adore jouer aux Lego. Ils iraient peut-être faire du vélo avant la tombée de la nuit. Il pourrait apporter son télescope. Une fois le soleil couché, il pourrait montrer à André les cratères de la lune. Mais il ne se sent pas encore prêt.

Chapitre 13

Le lendemain matin, Daniel et son père finissent de déjeuner quand Fiona arrive de chez Madeleine. Ses cheveux sont tout emmêlés et son tee-shirt est à l'envers.

Daniel éclate de rire.

— Tes cheveux ressemblent à un immense nid d'oiseau, dit-il. Et tu as renversé quelque chose sur ton pantalon.

Il montre du doigt une tache sombre qui doit être de la confiture de fraises.

Fiona lance un regard courroucé à son frère.

— Occupe-toi de tes affaires, dit-elle d'une voix fâchée.

— Quelqu'un s'est levé du pied gauche, dit M. Couture en se servant du café.

— Je ne me suis même pas levée, rétorque

Fiona. J'ai dormi par terre. Madeleine et moi avons construit un fort avec des couvertures dans le bureau.

Puis elle se dirige vers sa chambre en marchant lourdement.

Son père secoue la tête et dit :

— Eh bien, ça explique tout.

Daniel sait que quand Fiona s'est couchée plus tard que d'habitude, elle est très grincheuse. Elle est probablement restée debout longtemps et s'est réveillée très tôt. *Je ferais mieux d'aller voir comment elle va,* se dit-il.

Quand il entre dans sa chambre, Fiona est couchée sur son lit, les yeux clos. Mitaine est couchée à côté d'elle et se lèche les pattes.

— Tu dors? murmure Daniel.

Fiona ouvre un œil et le regarde.

— Plus ou moins, répond-elle.

Daniel s'affale sur un côté de son lit.

— Tu ne t'es pas amusée chez Madeleine?

Tout d'abord, Daniel croit que Fiona ne l'a pas entendu, car elle regarde dans le vide. Finalement, elle répond que oui, elle s'est amusée.

— On a fait des pizzas. J'ai mis du pepperoni, des poivrons verts et beaucoup de fromage sur la mienne. C'était très bon. Pour le dessert, nous avons même fait des coupes glacées et j'en ai eu deux! Mais, ajoute-t-elle après un petit silence, je n'ai pas bien dormi.

— Tu penses que tu as mangé trop de cochonneries? demande Daniel.

Fiona ne répond pas, alors il poursuit :

— Ou peut-être que le sol était trop dur.

Fiona regarde son frère et secoue la tête.

— Ce n'était pas à cause du sol ou des friandises. Nous avons joué à des tas de jeux et nous avons regardé un film, mais…

— Mais quoi?

— Tu m'as manqué. Papa et maman aussi.

Elle renifle et tend la main pour attraper Mitaine.

— Même cette boule de poils m'a manqué.

Daniel regarde Fiona. Il a du mal à croire que Fiona l'intrépide qui n'a pas peur de ramasser des serpents et des araignées, qui n'a pas peur de se perdre dans l'école Bellerive, a eu peur lors d'une soirée pyjama.

Chapitre 14

Le jour de la sortie scolaire arrive enfin. Dans l'autobus, Daniel est assis à côté d'André. Il regarde Mme Belliveau compter les élèves pour s'assurer que toute la classe est à bord. Alors que l'autobus quitte l'école, André se tourne vers Daniel et lui dit :

— J'espère que nous aurons le temps de rendre visite à Gus au musée.

Daniel est perplexe :

— Gus? Qui est Gus?

— Gus est la tortue gaufrée âgée de 90 ans qui habite au musée. La dernière fois que j'y suis allé, j'ai pu lui donner quelques feuilles de salade à manger. C'était très intéressant, explique André.

— Cool, dit Daniel. Hé! Je connais une blague sur les tortues. Tu veux l'entendre?

Avant qu'André ait la chance de répondre, il

s'empresse de dire :

— Que dit un escargot lorsqu'il est sur le dos d'une tortue?

— Je ne sais pas, répond André. Que dit un escargot sur le dos d'une tortue?

— *YYYYAAAAAOOOUUUUUHHHHH!!!!!*

— C'est une bonne blague. Je vais la raconter au club de comédie la semaine prochaine, déclare André. Voici une devinette pour toi, maintenant : Quel est le comble pour une araignée?

Daniel secoue la tête. Il ne connaît pas la réponse à cette devinette.

André donne un coup de coude dans les côtes

de Daniel :

— Exposer ses toiles au musée. Tu saisis?

Mme Belliveau annonce alors qu'ils sont arrivés au Musée d'histoire naturelle. Les élèves sont divisés en petits groupes avec des accompagnateurs. Daniel, André, Fiona et Madeleine sont dans le même groupe. Ils reçoivent une feuille de chasse au trésor.

— Essayez de répondre à un maximum de questions, dit l'enseignante. Vous devriez trouver la plupart des réponses durant votre visite à l'exposition de bestioles bizarres. Le dernier indice vous indiquera l'endroit où nous nous rencontrerons pour le dîner. À tout à l'heure! Amusez-vous bien!

Daniel lit tout haut la première question : « Quel insecte peut voler jusqu'à 56 kilomètres à l'heure? »

C'est une question facile. Fiona remarque une affiche près de l'exposition de libellules. Elle lit :

— Les libellules sont capables de voler jusqu'à 56 kilomètres à l'heure. Les ailes de la plus grande libellule du monde font plus d'un mètre de large. C'est vraiment grand! Comme le mètre en bois de notre classe!

La question suivante est un peu plus compliquée. Madeleine la lit :

— Combien de cimetières de fourmis pouvez-vous trouver?

Elle regarde Daniel, André et Fiona et leur demande :

— Je ne savais pas que les fourmis avaient des cimetières. Et vous?

Ils prennent un peu de temps pour trouver la réponse. Près de la colonie de fourmis, André lit :

— Si vous regardez attentivement le côté supérieur droit de la colonie, vous verrez peut-être un cimetière de fourmis. Deux jours après sa mort, le corps d'une fourmi émet une odeur. Cela alerte les autres fourmis qui transportent le corps et le mettent sur un tas avec toutes les autres fourmis mortes. Eh oui, c'est ce que nous appelons le *cimetière des fourmis!*

— Cela signifie qu'il y a un seul cimetière, constate Daniel.

Le groupe résout rapidement les trois énigmes suivantes. Il ne reste plus qu'une question à résoudre.

Daniel lit sur sa feuille de chasse au trésor :

— Venez dîner avec moi. C'est un peu difficile de me trouver. Je fais dix centimètres de longueur et j'ai des taches jaunes. Vous me trouverez sous un tronc pourri.

Il lève les yeux et s'écrie :

— Je me rappelle avoir vu un tronc pourri là-bas!

Il désigne l'autre extrémité du musée et se précipite vers une vitrine en verre.

Fiona, Madeleine et André le suivent. Ils regardent le tronc d'arbre pourri sur un lit de mousse.

— Voyez-vous quelque chose à l'intérieur? demande Madeleine.

— Non.

— Juste de la mousse et des roches.

Daniel se penche plus près de la vitre. Quelque chose bouge sous le tronc.

— Qu'est-ce que c'est? demande-t-il.

Deux petits yeux noirs le regardent en clignant.

Avant qu'il puisse dire quelque chose, une créature se faufile sous des feuilles. Elle bouge vite, mais pas assez pour empêcher Daniel d'entrevoir des taches jaunes.

— Je les ai vues! crie-t-il. J'ai vu les taches jaunes!

— Qu'est-ce que c'est? demande Fiona.

Daniel regarde l'écriteau. Les mots « Salamandre jaune maculée » sont écrits en gros caractères.

— Alors, je suppose que c'est le point de rendez-vous de la classe, dit Fiona.

Chapitre 15

Après le dîner, l'une des guides du musée invite les élèves à regarder une démonstration intitulée « Ne vous embêtez pas ». Fiona s'assoit au premier rang à côté de Madeleine. Daniel reste debout au fond. Il se souvient d'avoir lu que certains insectes sont dangereux, voire venimeux. Il n'est pas question qu'il s'approche d'une tarentule. Et si elle le piquait? Et qui sait ce qui arriverait si le mille-pattes africain géant s'échappait? Il grimperait sans doute le long de sa jambe sous son pantalon. Peut-être même jusqu'à ses sous-vêtements. La rangée du fond est l'endroit parfait pour regarder les bestioles.

Daniel n'est pas surpris que Fiona soit la première à vouloir tenir une blatte de Madagascar. Il regarde l'insecte de près de

10 centimètres ramper sur la main de sa sœur. Cela le fait frémir.

Vers la fin de la démonstration, la guide s'adresse aux élèves à l'arrière de la salle.

— Aimeriez-vous tenir l'une de nos bestioles? demande-t-elle. Une mante religieuse ou un phasme? Ou peut-être que votre enseignante ou l'un de vos accompagnateurs seraient volontaires?

Mme Belliveau sourit et dit :

— Je me contenterai de regarder.

— Moi aussi, dit Daniel.

— Eh bien, votre visite est terminée alors, dit la guide. Merci d'être venus. En sortant du musée, n'oubliez pas de dire bonjour à Gus, notre tortue gaufrée. Si vous voulez, vous pouvez aussi vous arrêter à la boutique et acheter des criquets enrobés de chocolat. Ils sont criquet-xcellents!

André se tourne vers Daniel qui semble horrifié.

— Peux-tu imaginer manger des criquets? C'est dégueu!

Daniel éclate de rire et déclare :

— Je parie que la soupe de criquets a meilleur goût. Ou la crème glacée aux criquets.

Il fait une petite pause avant d'ajouter :

— Ouais, tu as raison. Les criquets enrobés au chocolat seraient dégoûtants. Je me limiterai au simple chocolat.

— Quelle chouette journée, dit André. Tu sais ce qui la rendrait encore meilleure? Une soirée pyjama ce soir! Ce serait si amusant!

Daniel soupire. Une soirée pyjama. C'est la deuxième fois qu'André lui pose la question. Il est sûr que son ami va arrêter de l'inviter. Au fond de lui, Daniel sait qu'il s'amuserait bien jusqu'au moment d'aller se coucher. Mais il a encore besoin d'une veilleuse, surtout dans des endroits inconnus. Qu'en penserait André?

— Euh... je ne suis pas sûr de pouvoir venir. Je dois demander la permission à mes parents, répond Daniel.

André le regarde d'un air bizarre. Les deux garçons gardent le silence pendant le reste du voyage de retour.

Chapitre 16

Une fois à l'école, Mme Belliveau annonce :

— C'était vraiment une sortie amusante! Est-ce que quelqu'un souhaite dire ce qu'il a le plus aimé? Vous avez peut-être même appris quelques informations pour votre présentation.

Le mot « présentation » fait oublier à Daniel à quel point il s'est amusé au musée. Il fronce les sourcils. Il n'a toujours pas décidé quel animal il aimerait étudier. Il doit encore planifier toute la présentation. C'est son grand souci. Et le projet doit être fini d'ici lundi.

Daniel repense à l'année de ses cinq ans. Il voulait vraiment apprendre à faire de la planche à neige, mais il avait peur de tomber et de se faire mal. Il craignait également de se ridiculiser. Et surtout il avait peur de ne pas être capable d'apprendre. Aujourd'hui, par contre, il fait de la planche sur les plus grandes pistes.

Je peux faire cette présentation, se dit-il, *si j'y vais une étape à la fois, tout comme la planche à neige.* Daniel se souvient d'avoir commencé sur des pistes faciles, puis d'être passé à des pistes plus difficiles. À la fin, il pouvait faire de la planche sur toutes les pistes et faire toutes sortes d'acrobaties vraiment cool.

Il inspire profondément. La première étape consiste à choisir le sujet de sa présentation. Au musée, les serpents étaient intéressants. Les tritons aussi. Il sort ses livres de bibliothèque de son pupitre et feuillette les pages. Alors qu'il est au milieu du deuxième livre, il s'arrête pour regarder une photo. C'est un animal parfait pour sa présentation. Tout se met en place!

Mme Belliveau donne aux élèves la dernière période de la journée pour travailler sur leurs présentations. André est assis à côté de Daniel. Il met la touche finale à son diorama. Il ébouriffe la mousse et met quelques cailloux dans le coin de la boîte à chaussure. Il regarde Daniel écrire frénétiquement des informations sur des bouts de papier.

— On dirait que tu as enfin décidé sur quoi tu allais faire ton projet, dit-il. C'est super!

Daniel sourit.

— Alors, poursuit André, penses-tu que ton père et ta mère te laisseront venir dormir chez moi ce soir? On pourrait jouer un peu au baseball et regarder un film peut-être...

Le sourire de Daniel se crispe. Il montre les bouts de papier sur son pupitre.

— Je suis désolé, dit-il, mais je dois vraiment travailler là-dessus. J'ai mis trop longtemps à me décider.

Le comble, c'est que Daniel est sincère cette fois. Mais l'expression du visage d'André signifie qu'il ne croit pas du tout son ami.

Chapitre 17

Fiona descend de l'autobus en courant. Elle a hâte d'apprendre à sa mère qu'elle a fini son projet. Ses affiches représentent des libellules étincelantes et fourmillent de faits intéressants.

— Le mieux, dit Fiona, c'est que j'ai demandé à Mme Belliveau si je pouvais être la première à faire ma présentation la semaine prochaine. Et elle a dit oui!

Évidemment, Fiona veut passer en premier, pense Daniel. Elle n'a pas peur d'être devant toute la classe pour faire sa présentation. Elle adorera chaque instant. *J'aimerais tellement être un peu comme elle,* se dit-il.

— C'est super, dit Mme Couture. Et toi, Daniel? Où en es-tu dans ton projet?

Cette fois, Daniel est un peu plus enthousiaste.

— Ça va bien, répond-il. J'ai mis longtemps à me décider. J'ai beaucoup d'information. Maintenant, il faut que je rassemble le tout.

Il tire sur une petite peau au coin de l'ongle de son pouce.

— Excellente nouvelle! s'exclame Mme Couture.

Daniel regarde sa mère, puis Fiona.

— Qu'arrivera-t-il si je suis incapable de parler, comme la dernière fois? demande-t-il d'une petite voix.

— Ça ne se reproduira pas, dit sa mère.

— Bois quelques gorgées d'eau avant de passer, dit Fiona. Et n'oublie pas mes conseils! Tu seras génial!

Elle regarde son frère et ajoute :

— Sur quoi travailles-tu, à propos?

Un petit sourire se dessine sur les lèvres de Daniel.

— Ce sera une surprise, répond-il.

* * *

Daniel s'applique sur son projet longtemps après le souper. La porte de sa chambre reste close.

— Tu ne peux pas entrer, dit-il à Fiona quand elle frappe à la porte.

— Qui fait ses devoirs un vendredi soir? demande-t-elle. Et puis André est venu te voir.

Daniel entend les bruits de pas de Fiona qui descend l'escalier.

Je me demande pourquoi André est ici, pense-t-il. *C'est bizarre.* Il sait qu'ils n'ont rien prévu pour la soirée, ni pour le week-end. *Quelque chose doit se passer. Mais quoi?*

André ne semble pas très heureux d'être assis dans le salon des Couture. Il y a une petite valise et un sac de couchage par terre à côté de lui.

— Pourquoi es-tu ici? lâche Daniel. Je pensais t'avoir dit que je devais travailler sur mon projet ce week-end.

M. Couture regarde André et Daniel.

— Eh bien, les parents d'André ont dû aller précipitamment à l'hôpital, dit-il. On dirait qu'André va avoir un petit frère ou une petite sœur un peu plus tôt que prévu. Alors il va passer la nuit ici.

M. Couture sourit en voyant l'expression du visage d'André.

— Ne t'inquiète pas, dit-il. Tu vas bientôt être un grand frère.

Daniel observe le visage de son ami. Celui-ci semble vraiment effrayé. Daniel s'assoit à côté de lui et entoure ses épaules d'un bras.

— Ne t'en fais pas. Ton papa et ta maman seront bientôt de retour à la maison.

Puis il fait une petite pause et ajoute :

— Et après, il y aura un bébé qui pleure avec des couches pleines de caca. Mais tu seras le plus vieux et le plus intelligent, et surtout, tu n'auras pas besoin de changer des couches qui puent!

Cela fait sourire André.

Chapitre 18

Daniel et André passent les quelques heures suivantes à fabriquer un fort avec des couvertures jusqu'à ce que Mme Couture crie :

— C'est l'heure d'aller vous coucher!

Alors ils portent des sacs de couchage, une lampe de poche et la réserve secrète d'oursons en gélatine d'André dans le fort.

— Ce ne sont pas des criquets enrobés de chocolat, dit-il en riant. Mais ce sont mes bonbons préférés, surtout les rouges!

Il fait noir dans le fort. Daniel pense à sa veilleuse. Elle est allumée à l'autre bout de la chambre. Il allume la lampe de poche et propose :

— Je crois qu'on devrait dormir avec la lumière allumée juste au cas où tu aurais besoin d'aller boire au milieu de la nuit. Et puis aussi parce que ma chambre est vraiment vraiment sombre, ajoute-t-il pour faire bonne mesure.

— Bonne idée, renchérit André. À la maison, je dors toujours avec une veilleuse.

— Vraiment? s'étonne Daniel.

Il repense aux paroles d'André. Ça ne semble pas le déranger que quelqu'un sache qu'il dorme avec une veilleuse.

André reste silencieux pendant un long moment, puis il murmure soudain :

— Tu as entendu?

— Quoi?

Daniel entend alors un bruit qui vient du placard. Une fois de plus. Daniel sait que les fantômes n'existent pas, ni les monstres. Mais il y a *bel et bien* quelque chose dans son placard. Pour de vrai!

Le bruit est de plus en plus fort. Soudain, « la chose » se met à gratter la porte du placard. Elle essaie de s'échapper!

— Je veux rentrer chez moi, chuchote André.

Ses yeux sont écarquillés et sa lèvre inférieure tremble.

Mais André ne peut pas rentrer chez lui, car il

n'y a personne. Ses parents sont encore à l'hôpital. Alors Daniel doit faire quelque chose. *Je dois être courageux, rien qu'une fois. Pour André*, se dit-il.

Il défait la fermeture éclair de son sac de couchage. Il rejette la couverture qui sert de porte. Sa lampe de poche vacille de haut en bas.

— Que… que fais-tu? demande André d'une voix chevrotante.

Daniel inspire profondément et avale sa salive.

— Je vais voir ce qui fait du bruit, répond-il.

Chapitre 19

André gémit :

— Ne me laisse pas tout seul ici!

— Chut! Suis-moi alors, murmure Daniel.

Il essaie de penser à tout ce que ses parents lui ont dit sur le courage, mais il ne se souvient de rien.

Il s'approche de plus en plus du placard. Le bruit est de plus en plus fort. Peu importe ce que c'est, « cette chose », qui existe réellement et qui n'est pas un monstre imaginaire, est de plus en plus fâchée. Daniel passe la lampe à André. Sa gorge se serre.

— Tiens ça pendant que j'ouvre la porte, ordonne-t-il à son ami.

Puis il se penche et prend sa batte de baseball en plastique.

— Je vais compter jusqu'à trois, dit-il. Ensuite, j'ouvrirai la porte. Tu es prêt?

Daniel a du mal à inspirer profondément. Son cœur bat la chamade.

— Un. Deux. Trois! murmure-t-il.

Puis il ouvre grand la porte du placard!

L'intérieur est sombre. Des ombres semblent bouger de gauche à droite. Le bruit a cessé… pour

l'instant. Puis quelque chose attrape la cheville de Daniel! Il essaie de ne pas crier tout en secouant frénétiquement « la chose » pour qu'elle lâche sa jambe! Mais elle tient bon et l'attaque!

André braque la lampe de poche vers le sol. Deux yeux verts fixent les garçons! Des yeux luisants remplis de malice!

Soudain, « la chose » lâche la jambe de Daniel et se frotte contre lui. Elle est poilue et douce.

—Mitaine! s'écrie Daniel.

Il regarde la chatte et la prend dans ses bras. Il frotte son visage contre sa fourrure et dit :

— Tu nous as presque fait mourir de peur!

André soupire de soulagement.

— C'était juste ta chatte? s'écrie-t-il en riant. Ouf! J'étais sûr que c'était un fantôme!

* * *

Dans le fort, Mitaine ronronne bruyamment entre Daniel et André.

— Est-ce que ta chatte fait toujours des choses aussi folles? demande André.

Daniel se souvient de son septième anniversaire, quand il est allé au refuge pour adopter Mitaine. Elle a fait plein de choses bizarres depuis. Comme le jour où elle a rapporté une souris morte et l'a déposée sur les pantoufles de Mme Couture, comme un cadeau. Ou le jour où Daniel a eu sa première guitare. Chaque fois qu'il faisait un accord, Mitaine miaulait. Quand Daniel arrêtait de jouer, elle arrêtait de miauler. Ou l'été dernier, quand elle a pourchassé le plus gros chien du quartier dans la rue. Oui, c'était une chatte plutôt folle.

Daniel rit.

— Ouais, elle fait parfois des choses bizarres, mais celle-là, c'est la plus bizarre de toutes. Je suis content d'avoir découvert ce qui faisait du bruit dans mon placard. Maintenant qu'elle est avec nous, tout ira bien.

— Tu as été vraiment courageux, dit André. Je ne crois pas que j'aurais osé regarder dans le placard. J'aurais eu trop peur.

Daniel arrête de caresser les oreilles de Mitaine. Courageux. André vient de lui dire qu'il est courageux. Même s'il a eu peur, il a eu le courage d'ouvrir la porte. C'est une sensation agréable.

— Est-ce que... penses-tu que je pourrais tenir Mitaine dans mes bras? Jusqu'à ce que je m'endorme? demande André.

Daniel lui passe la chatte en disant :

— Bien sûr.

Cinq minutes plus tard, André dort à poings fermés. Tout ce que Daniel entend avant de s'endormir, c'est le ronronnement bruyant de Mitaine.

Chapitre 20

Daniel ouvre les yeux et aperçoit le visage de son père dans le fort.

— Réveillez-vous, les garçons, murmure M. Couture. André, tu es grand frère!

André se frotte les yeux.

— Vraiment? demande-t-il.

— Oui, ton père vient d'appeler. Tu as une petite sœur. Il va venir te chercher dans quelques minutes et t'emmener à l'hôpital pour la voir.

— C'est génial, dit Daniel.

Il donne une petite tape sur le bras d'André et ajoute :

— Maintenant, tu vas découvrir à quel point les petites sœurs peuvent être amusantes!

Dès qu'André est parti, Daniel rassemble tous les renseignements pour son projet. Il a 11 bouts de papier, donc 11 faits intéressants. Il commence à croire qu'il peut devenir un expert d'ici lundi. Mais tout d'abord, il a besoin d'un tout petit peu d'aide.

Il pourrait demander à Fiona, mais parfois elle est un peu autoritaire. De plus, elle est allée jouer chez Madeleine pour toute la journée. Sa mère est à un cours de yoga, donc il ne reste plus que son père.

M. Couture écoute attentivement les explications de Daniel et ses questions.

— D'accord, dit-il. Mettons-nous au travail!

Cela prend beaucoup plus longtemps que prévu, mais lorsque le souper est prêt, la présentation est terminée. Même si Fiona le presse de tout lui dire, Daniel se contente de sourire.

— Tu verras bien lundi, dit-il.

Il semble très confiant.

Mais le lundi matin, Daniel a perdu sa belle assurance. Il a tellement le trac qu'il ne peut rien avaler au déjeuner. Il repense aux conseils que Fiona lui a donnés. Il est presque certain que les élèves vont trouver sa présentation intéressante. Il s'est exercé devant un miroir pendant longtemps. Et il a une sorte d'accessoire...

— Bon, vous deux, c'est l'heure d'aller à l'école, dit Mme Couture en regardant Daniel. Papa va vous conduire aujourd'hui.

— Pourquoi? demande Fiona. Papa ne nous conduit presque jamais.

Elle dévisage Daniel qui ne semble pas du tout surpris.

— Que se passe-t-il? poursuit-elle. Est-ce que ça a un rapport avec la présentation?

Mais Daniel se contente de sourire alors que

Fiona le supplie de lui répondre.

Elle examine Daniel dans la voiture.

— Où est ton projet? demande-t-elle. Je ne vois pas d'affiche, ni rien d'autre!

— Il est ici, répond Daniel en tapotant son sac à dos. Et le reste est dans le coffre de la voiture.

* * *

Évidemment, Fiona passe la première pour faire sa présentation. Tout comme elle l'avait dit. Daniel essaie de l'écouter attentivement, mais il est trop nerveux. Il croit l'entendre dire que les libellules existent depuis l'époque des dinosaures. Ou bien que les libellules sont de la famille des dinosaures. Il a du mal à se concentrer sur ce qu'elle dit.

Quand le tour d'André arrive, Daniel a encore plus le trac. *Je crois que je devrais passer après André pour être débarrassé*, se dit-il.

Alors quand Mme Belliveau demande qui est le suivant, Daniel lève la main à son grand étonnement.

— Je peux le faire, je peux le faire, chuchote-il pour se donner du courage.

Il plonge la main dans son sac à dos et en sort la clé USB sur laquelle se trouve son projet. Il tâte un côté, puis l'autre. Rien, à part un emballage vide de barre de céréales!

Daniel marque une pause. Il sait qu'il a mis la clé USB dans son sac à dos la veille. Mais où? Puis il se souvient. Il l'a mise dans le compartiment secret! Il l'ouvre frénétiquement... et trouve la clé USB et un autre objet très important.

Ouf! Soulagé, il va au tableau.

Chapitre 21

Daniel montre la clé USB ainsi qu'un petit triangle en plastique et dit :

— Pendant un instant, j'ai cru que j'avais perdu ça. Cela aurait rendu ma présentation beaucoup plus difficile.

Il branche la clé USB dans l'ordinateur et fait face aux élèves. Mme Belliveau sourit. Fiona lève un pouce en signe d'encouragement. Daniel s'adjure intérieurement de ne pas avoir le hoquet. Il espère que son estomac ne fera pas des siennes. Il s'imagine les élèves assis, portant seulement leurs sous-vêtements. *Je peux le faire*, se dit-il. Il inspire profondément.

— Certains d'entre vous savent déjà que j'aime faire de la planche à neige. Mais la plupart d'entre vous ne savent pas que j'aime beaucoup la musique.

Il tend la main et prend quelque chose derrière le bureau de l'enseignante. Sa guitare!

Daniel voit l'air surpris de Fiona. Quand M. Couture les a déposés à l'école ce matin-là, Fiona s'est précipitée vers les balançoires avec Madeleine et n'a pas vu Daniel prendre sa guitare dans le coffre de la voiture.

— En fait, reprend Daniel, l'une des premières chansons que j'ai apprises était celle d'un vieux groupe anglais qui porte un nom d'insecte.

Les élèves semblent perplexes. Même Mme Belliveau ne peut pas deviner de qui Daniel parle. Puis Fiona s'écrie :

— The Beatles! Ça veut dire « coléoptères » en français! Tu as fait ta présentation sur les coléoptères!

Daniel sourit.

— Exactement, dit-il. Maintenant, regardez l'écran, s'il vous plaît.

Mais tous les élèves regardent Daniel et sa guitare. Il utilise le petit triangle en plastique, le médiator, pour faire quelques accords.

— J'ai écrit un texte sur les scarabées sur l'air de l'une de mes chansons préférées appelée *Love Me Do*, une chanson des Beatles! Alors si vous regardez les images sur l'écran, je vais vous raconter, euh…

vous chanter, des faits intéressants sur les coléoptères. Mon papa m'a aidé pour les rimes.

La musique emplit la classe. Tous les yeux sont fixés sur Daniel, puis sur l'écran, puis sur Daniel. Dès qu'il se met à gratter les cordes de sa guitare, il se sent plus calme. Il n'a plus besoin d'imaginer les élèves en sous-vêtements et il ne craint plus d'avoir le hoquet ou d'être muet. Il peut faire ça. Des images de chrysomèles et de lucioles s'affichent sur l'écran. André chante :

Les coléoptères
sont vraiment super.
J'ai fait plein de recherches,
et je saaaaaaiiiis

plein de faits! Whoa! Plein de faits!
Les coléoptères
rouges, noirs, bruns ou verts,
sont plutôt petits,
mais aussiiii...
vraiment cool! Whoa! Vraiment cool!

Ces insectes vivent partout
dans les forêts surtout,
mais dans les déserts aussi,
et où tombe beaucoup de pluie.

Les coléoptères,
creusent la terre
pour cacher leurs bébés.
Et certains savent voleeeeeer...
Vraiment cool! Whoa! Vraiment cool!

Les coléoptères
ont un corps super :
thorax, tête et abdomen...
avec des antennes...
Vraiment cool! Whoa! Vraiment cool!

Les coléoptères savent chanter.
Pour cela, ils doivent frotter
les ailes qu'ils ont sur le dos.
Ils sont franchement géniaux.

Les coléoptères
sont partout sur Terre.
Ils sont des fois utiles
et parfois nuisiiiiibles.
Et j'ai fini! Whoa! Et j'ai fini!

Quand il fait son dernier accord, une photo de coccinelle reste sur l'écran.

Puis une chose formidable se produit. Tous les élèves se lèvent et applaudissent. Quelqu'un crie :

— Joue une autre chanson!

— Tu es une vraie vedette!

Quand Daniel s'assoit, André se penche vers lui et murmure :

— Est-ce que tu peux m'apprendre à jouer de la guitare?

Daniel sourit. Apparemment tout le monde a adoré sa présentation!

Mme Belliveau va à l'avant de la classe.

— C'était absolument merveilleux, dit-elle. Bravo!

Daniel doit admettre que c'est un sentiment formidable d'accomplir quelque chose qui lui faisait peur depuis longtemps. Il craignait d'être debout devant tout le monde et surtout il craignait l'échec. Mais lui, Daniel Couture, a surmonté ses craintes. Il a été courageux. Il est vrai qu'au début, il était nerveux, mais une fois qu'il a commencé, il s'en est très bien tiré! La prochaine fois qu'il fera une présentation, il ne s'inquiétera pas. (Enfin, peut-être un peu, mais seulement pendant un petit moment.)

À ce moment-là, il se rend compte que son vœu d'anniversaire s'est enfin réalisé. Il est devenu plus courageux. Et il a hâte de célébrer son prochain anniversaire, car cela lui donnera droit à un vœu tout neuf!

Chapitre 22

Daniel fouille dans sa boîte à dîner, à la recherche d'un dessert. Youpi! Son père lui a donné des raisins secs enrobés de chocolat, ses préférés! Ils lui rappellent les criquets enrobés de chocolat de la boutique du musée. Mais les raisins sont meilleurs. Bien meilleurs. Daniel trouve aussi un petit mot :

Cher Daniel,

Bonne chance pour ta présentation.
Je suis sûr que tu feras ça très bien. Tout
le monde sera épaté que tu saches jouer de
la guitare!

Bisous,
Papa

Daniel engloutit une poignée de raisins secs.

À ce moment-là, André lui tapote l'épaule.

— Hé! dit-il. C'est le jour du club de comédie aujourd'hui. Tu veux venir?

Daniel regarde sa collation. Il se souvient de la dernière fois, quand André lui a demandé de venir au club; il avait eu peur d'essayer et avait mangé ses raisins secs *trèèèèèèès* lentement.

Et si je ne raconte pas bien ma devinette? pense-t-il. *Et si personne ne la trouve drôle? Et si...* Daniel inspire profondément, puis expire. *Ou... peut-être que je pourrais raconter une devinette classique. Une que je connais par cœur. Je m'en tirerais certainement pas mal.* Il range le reste de raisins secs dans sa boîte à dîner et inspire à nouveau.

— Je vais essayer, dit-il. Je connais une devinette sur la musique. La voici : J'ai six clefs sans serrures. Si tu me grattes, je murmure.

André secoue la tête pour dire non. Daniel lui donne la réponse :

— Une guitare!

* * *

Après le dîner, les enfants du club de comédie retournent en classe.

André dévisage Daniel et lui demande :

— Je croyais que tu n'étais pas bon pour raconter des blagues et des devinettes, mais tu as fait rire tout le monde aujourd'hui.

Daniel sourit. Il se sent vraiment bien. Il s'est beaucoup amusé au club. Il a tellement ri qu'il a oublié d'être nerveux quand il a pris la parole. Il se rend compte qu'il a fait non pas une, mais *deux* choses formidables en une seule journée!

Avant d'entrer dans la salle de classe, André s'arrête un instant, l'air sérieux. Apparemment, il veut dire quelque chose d'important à son ami.

Au bout de quelques secondes, il lâche :

— Je sais que je t'ai déjà posé la question, mais aimerais-tu venir dormir chez moi ce week-end? Ce serait très amusant. Tu pourrais faire la connaissance de ma petite sœur, Ella.

Daniel réfléchit un moment. Il sait qu'André dort avec une veilleuse, comme lui. Daniel doit juste avoir le courage d'essayer.

Il sourit à André et dit :

— Ce serait sympa! J'apporterai ma guitare et je pourrai t'apprendre à en jouer!